roman rouge

Dominique et Compagnie

Sous la direction de
**Agnès Huguet**

# Marie-Danielle Croteau

# Série Marie Labadie
# Gouttes d'océan

Illustrations
## Marie Lafrance

**Catalogage avant publication de Bibliothèque et Archives Canada**

Croteau, Marie-Danielle, 1953-
Gouttes d'océan
(Roman rouge ; 36)
(Marie Labadie)
Pour enfants de 6 ans et plus.

ISBN 2-89512-467-1
I. Lafrance, Marie. II. Titre.
III. Collection. IV. Collection :
Croteau, Marie-Danielle, 1953- .
Marie Labadie.

PS8555.R618G68 2005 jC843'.54 C2004-942151-4
PS9555.R618G68 2005

© Les éditions Héritage inc. 2005
Tous droits réservés
Dépôts légaux : 3e trimestre 2005
Bibliothèque nationale du Québec
Bibliothèque nationale du Canada
Bibliothèque nationale de France

ISBN 2-89512-467-1
Imprimé au Canada

10 9 8 7 6 5 4 3 2 1

Direction de la collection et
direction artistique : Agnès Huguet
Conception graphique :
Primeau & Barey
Révision-correction :
Céline Vangheluwe

**Dominique et compagnie**
300, rue Arran
Saint-Lambert (Québec)
J4R 1K5 Canada
Téléphone : (514) 875-0327
Télécopieur : (450) 672-5448
Courriel :
dominiqueetcie@editionsheritage.com
Site Internet :
www.dominiqueetcompagnie.com

Nous remercions le Conseil des Arts du
Canada de l'aide accordée à notre programme de publication. Nous reconnaissons l'aide financière du gouvernement du
Canada par l'entremise du Programme
d'aide au développement de l'industrie de
l'édition (PADIÉ) pour nos activités d'édition.

Nous reconnaissons l'aide financière du
gouvernement du Québec par l'entremise
du Programme de crédit d'impôt pour l'édition de livres – SODEC – et du Programme
d'aide aux entreprises du livre et de
l'édition spécialisée.

# Chapitre 1
# Plume perdue

La cloche a sonné il y a dix minutes à l'école des Coteaux-Fleuris. Pourtant, les élèves de deuxième année n'ont pas encore commencé leur journée. Leur enseignante, Babette, est bien embêtée. Elle a perdu sa plume. Évidemment, elle pourrait utiliser un crayon. Il y en a des dizaines dans la classe. Mais aucun de ces crayons ne lui donne l'impression d'être un oiseau. Elle explique à ses élèves :

*océan*

—Quand j'écris avec ma plume, ma main glisse sur le papier. Les mots sortent tout seuls et je les vois d'en haut. Comme si j'étais un oiseau. C'est joli, des mots à l'encre bleue. On dirait des petites gouttes d'océan.

Marie Labadie lève la main :

—Si tu dessines un bateau sur les mots bleus, est-ce qu'il pourra voguer ?

Élisabeth sourit. Elle aime bien cette idée d'un bateau qui navigue sur des mots. Elle répond :

—Peut-être. Trouvons la plume et nous allons l'essayer !

Tous les enfants cherchent. Hugo monte sur une chaise et examine le cadre du tableau. Pas surprenant. Hugo adore grimper. Lorsqu'il se balance, il veut toujours aller plus haut.

Nathan retourne les coussins du coin de lecture. Il ne voit rien sauf une dent. C'est la sienne, justement. Il l'a perdue l'autre jour pendant le repos. Il est bien content de la retrouver. Élisabeth lui donne une petite boîte pour l'emporter à la maison.

—Je vais la planter dans la terre, dit Nathan. Elle va pousser et ça fera un autre moi.

Nathan rit de toutes ses dents moins une. Il s'imagine sur une tige, avec les tomates et les haricots, dans le potager de sa mère.

Nathalie, elle, cherche la plume d'Élisabeth dans sa boîte à lunch.

Elle en profite pour manger un bout
de pain. Il est neuf heures, après tout.
Elle commence à avoir faim !

Daphné regarde dans la trousse
de secours. Babette y a peut-être ou-
blié sa plume ? Elle l'a ouverte, hier,
pour mettre un pansement à Jérémie.
Daphné, qui rêve de devenir ambu-
lancière, était avec elle et l'a aidée.

– Alors ? lui demande Élisabeth.

– Pas de plume. On ne devrait pas
changer le pansement de Jérémie ?

Babette la remercie de penser à son ami. Puis elle ajoute :

– Un peu plus tard, peut-être. Pour l'instant, il faut trouver la plume. D'accord ?

Sophie et Mathieu examinent la bibliothèque. Martin vide l'armoire à bricolage. Marie Labadie a fouillé la cuisinette de fond en comble. À présent, elle se penche sur le cactus qui se met à fleurir instantanément, comme toujours lorsque Marie lui parle à l'oreille. Elle murmure :

–Tu le sais, toi, où est la plume de Babette. Dis-le-moi, s'il te plaît !

La petite fille ferme les yeux et écoute. Soudain, elle se redresse et ses tresses se dressent sur sa tête. On dirait des antennes.

–Ah ! ah ! Merci, monsieur Cactus !

Puis elle sort de la classe en courant. Quelques minutes plus tard, la voilà qui revient et s'écrie :

–Je l'ai !

Élisabeth est contente et soulagée. Elle était vraiment triste d'avoir perdu sa plume.

– C'est un cadeau, vous comprenez?

– De ton amoureux? demande Daphné.

Babette n'ose pas répondre. Elle se méfie un peu. Qui sait si Daphné ne voudra pas lui mettre un pansement au cœur?

# Chapitre 2
# Minou mordu

Les enfants sont assis sur le tapis de lecture. Élisabeth a posé devant elle un cahier ouvert. À tour de rôle, ses élèves doivent lui donner un mot à écrire. Un mot avec des lettres qui ressemblent à des vagues. Ils ont répété tout l'alphabet pour les trouver. A, c'est une vague pointue, fermée. C, une vague ouverte. D, une vague ronde, fermée. I, une vague haute, un peu dangereuse. W, une vague

très dangereuse. Heureusement,
il n'y en a pas souvent.

Les plus belles vagues, ce sont les
m et les n qui les forment. Babette
écrit dans son cahier les mots que
lui dictent les enfants.

—Maman.

—Minou.

—Minute.

—Nous.

Marie Labadie a hâte de voir Babotte dessiner un bateau. Elle lance :

—Mon mouton m'a mordu la main.

Daphné s'inquiète :

—Il t'a fait mal ?

Marie éclate de rire et secoue ses doigts sous le nez de Daphné.

—C'est juste une phrase pour aller plus vite !

Les enfants s'amusent maintenant à faire des phrases très longues. Ils

veulent aller loin avec leur bateau.
Ils inventent toutes sortes d'histoires.

« Manon met son manteau marron et enfouit ses mains dans des mitaines marine. Son minou les a mordillées. Elles sont molles et abîmées mais elle les aime quand même. »

Bientôt, deux pages du cahier de Babette sont remplies. C'est vrai, constatent les enfants. On dirait un petit océan. Quelle sorte de bateau

vont-ils mettre sur les mots ? Ils en discutent entre eux. Un cargo ? Un paquebot ? Un voilier ? Ils votent à main levée. Ce sera un voilier.

Élisabeth dessine un petit voilier sur le mouton de Marie Labadie. Les enfants écarquillent les yeux. Est-ce qu'il avancera ? Marie dit :

— Il lui faut beaucoup de vent.

Comment faire ? Cela ne servirait à rien d'ouvrir les fenêtres. Il ne vente pas dehors !

Marie va chercher son sac à dos. Les enfants la regardent se diriger vers les crochets où sont suspendus les manteaux. Ils sont curieux.

Le sac de Marie Labadie, c'est un vrai coffre à trésors. Marie y transporte des tas d'objets fascinants.

Aujourd'hui, elle en sort un gros coquillage blanc et une longue baguette de bois.

L'enseignante place son oreille dans la bouche du coquillage et ferme les yeux. Elle entend la mer. Les enfants l'observent en silence, l'air inquiet. Ils ont peur qu'Élisabeth ne revienne jamais. Elle semble partie si loin !

Mais bientôt, Babette ouvre les yeux et fait circuler le coquillage. Les enfants doivent emprisonner le bruit de la mer dans leur tête. C'est le jeu. Et quand tous les enfants entendent la mer, Marie brandit sa baguette magique et la déplie. C'est un éventail ! Elle l'agite et le vent commence à souffler.

Alors le tapis de lecture se transforme en bateau, et les élèves de Babette, en petits matelots.

# Chapitre 3
# Pêche au lacet

Hugo joue le rôle de la vigie. Il grimpe sur une chaise. La capitaine Babette lui ordonne d'ouvrir l'œil. Il y a peut-être des pirates dans le coin !

– Et des requins ? demande Daphné.

Si quelqu'un se fait mordre, elle est prête à le soigner. Mathieu, lui, croit qu'on devrait mettre une ligne à l'eau. Nathan est du même avis. Si on attrape un requin, il prendra une de ses dents pour remplacer celle qu'il a perdue.

Les enfants retirent les lacets de leurs souliers. Ils les attachent les uns aux autres pour faire une ligne à pêche. Certains lacets sont multicolores, d'autres sont argentés ou dorés. Quand un poisson verra passer cette ligne, il sautera dessus, c'est certain.

Jérémie s'inquiète :

— Et si on attrape une baleine ?

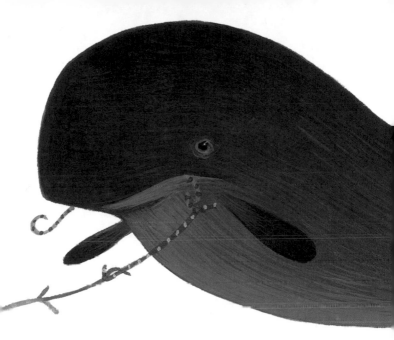

Marie Labadie le rassure.

– Elle avalera la ligne, c'est tout.
Ça lui fera un tout petit, tout petit
spaghetti.

– Elle aura encore faim et voudra
nous manger.

Marie hausse les épaules :

– Les baleines mangent du planc-
ton. Pas des enfants !

Hugo inspecte l'horizon. Soudain, il hurle :

– Terre !

Le doigt tendu, il indique la fenêtre.

Élisabeth consulte sa montre. C'est l'heure de la récréation. Elle crie :

– En avant toutes !

Les enfants enfilent leurs manteaux et sortent, traînant leur ligne derrière eux. Ils traînent aussi les pieds pour ne pas perdre leurs souliers. Leurs lacets sont occupés à pêcher !

# Chapitre 4

# Cœur de mer

À l'école de Babette, la cour de récréation n'est pas en béton. C'est un joli jardin, semblable à celui d'une maison. Dans un coin, il y a un carré de sable. Marie Labadie se dirige tout droit vers lui et s'exclame :

– Voilà l'île au Trésor !

Gaston fronce les sourcils et demande :

– Comment le sais-tu ?

Marie se penche vers lui :

–Quand j'étais pirate, dans une autre vie, je suis venue ici. Mais ne le dis à personne ! Promis ?

Gaston promet, la main sur le cœur :

–Motus et bouche cousue !

Marlène arrive sur ces entrefaites et demande :

–Qu'est-ce que tu fais ?

Sans hésiter, Gaston répond :

–Je prête serment sur l'honneur.

–C'est quoi, un serment sur l'honneur ?

– C'est une promesse sacrée. J'ai promis à Marie de ne jamais dire qu'elle était pirate dans une autre vie, et qu'elle était venue ici.

– Ah bon, fait Marlène. Et ça marche ?

– Très bien, répond Marie Labadie en souriant. Personne ne le saura jamais.

Puis elle se tourne vers Babette qui approche et s'écrie :

– Cherchons le trésor !

Les enfants se mettent à retourner le sable. Ils trouvent un tas de trucs. Une barrette. Un élastique. Une bille. Un caillou. Un bouchon. Un trognon de pomme.

– Un os ! s'exclame Gaston, en brandissant un morceau de bois.

Tout le monde rit. Sauf Marie Labadie. Elle est trop absorbée. Elle

vient de découvrir un objet étonnant.
Elle le dépoussière avec le bout de
sa tresse. On dirait un archéologue
qui manie un pinceau. Intriguée,
Élisabeth s'approche :

– Qu'est-ce que tu as là ?

– Un cœur de mer !

L'enseignante examine l'objet.
Une grosse graine en forme de

cœur. Curieux… Elle n'en a jamais vu de semblable. Elle demande à la fillette :

– D'où ça vient ?

– De très loin, répond Marie Labadie. Ça tombe d'un grand arbre qui pousse dans la jungle, ça voyage sur l'océan et ça atterrit sur des îles. Comme celle-ci.

Puis Marie recommence à fouiller le sable avec ses amis.

Babette est stupéfaite. Un cœur de mer… Est-ce une invention de

Marie Labadie ? Sinon, comment est-il arrivé dans la cour de récréation ? Elle se retourne et aperçoit Marie qui la fixe de ses grands yeux verts. La petite fille s'approche et lui souffle à l'oreille :

– Il est arrivé par la mer. Comme nous. Je l'ai vu quand nous étions sur l'eau. Il flottait à côté de notre bateau avec un autre cœur plus petit.

Élisabeth est de plus en plus déconcertée. Est-ce que Marie Labadie l'a entendue penser ? Ou bien a-t-elle parlé sans s'en apercevoir ? Elle sourit. Ce doit être le soleil qui lui tape sur la tête.

La cloche sonne. Élisabeth rassemble les petits et les fait rentrer. Ils font semblant de regagner leur bateau à la nage.

Avant de fermer la porte, Babette se retourne pour voir si tous les enfants ont suivi. Au même instant, elle entend un drôle de cri et elle aperçoit un goéland au milieu du carré de sable.

Un goéland ! En pleine ville ?

Elle se frotte les yeux. L'oiseau s'est envolé.

# Chapitre 5

# Le trésor

Élisabeth distribue des feuilles d'exercices à ses élèves. Pendant que les petits travaillent, elle feuillette son encyclopédie.

Marie Labadie a déjà fini. Elle se lève et vient remettre sa copie. Au lieu de la déposer sur le bureau, elle la glisse dans le gros livre de Babette. Puis elle retourne à sa place.

Surprise, l'enseignante ouvre l'encyclopédie à la page où Marie a caché sa copie. Elle devrait corriger le devoir de la fillette mais quelque chose la pousse plutôt à regarder son livre. En bas, à droite, elle remarque l'illustration d'un arbre et de sa graine. Elle étouffe un cri. C'est un cœur de mer ! Elle lève la tête. Son regard croise celui de Marie Labadie.

La petite fille lui sourit et se replonge dans sa lecture.

• • •

Les élèves ont maintenant tous remis leur devoir. Babette les emmène dans le coin de lecture et s'assoit avec eux sur le tapis. Elle leur raconte l'histoire extraordinaire du cœur de mer.

Marie Labadie avait raison. C'est la graine d'un arbre qui pousse dans certains pays chauds et humides en bordure de l'océan. Elle est enfermée dans une cosse, comme celle

des fèves, mais des centaines de fois plus grosse et plus longue. En fait, c'est la plus longue fève du monde.

Un jour, l'enveloppe éclate. Les graines, qui ont la forme parfaite d'un cœur, tombent dans la mer. Alors elles commencent un long voyage. Les gens ont inventé des histoires incroyables à propos du cœur de mer. Certains croient qu'il aide à retrouver son chemin. D'autres pensent qu'il chasse les mauvais esprits.

Élisabeth se tait un instant et reprend :

–Chose certaine, en tout cas, cette petite graine là a quelque chose de magique. Aujourd'hui, nous avons imaginé un océan et un bateau.

L'enseignante prend le cœur de mer dans sa main :

–Nous avons inventé une île, puis nous avons cherché un trésor. Et nous avons trouvé cette graine qui nous a permis de découvrir l'existence

d'un arbre que nous ne connaissions pas. Voilà un bien beau trésor !

Gaston n'est pas d'accord.

– Pourquoi ? demande Babette.

– Ce n'est pas de l'or, répond Gaston.

– Non, mais c'est très précieux d'apprendre quelque chose. Tu ne crois pas ?

Gaston réfléchit une seconde et dit :

– Alors je vais lire l'encyclopédie ce soir. Et demain matin, je viendrai à l'école en taxi parce que je serai très riche.

Élisabeth sourit. Elle se lève et frappe dans ses mains. C'est déjà l'heure de ranger. Les enfants se préparent et elle les accompagne à la

sortie de l'école. Certains partent à pied ou en auto, avec leur maman. D'autres prennent l'autobus. Comme Gaston.

Lorsque tous les enfants sont partis, Babette retourne dans la classe et rassemble ses affaires. Cette fois, elle fait très attention à ne pas égarer sa plume. Elle arrose le cactus et nourrit les poissons. Puis elle s'apprête à éteindre.

Ah ! une dernière chose. Son cahier est encore sur le tapis. Élisabeth le ramasse. Elle regarde le petit océan qu'elle et les enfants ont formé avec des mots bleus. Elle observe le voilier qu'ils ont dessiné. Il est tellement vivant ! On dirait qu'il bouge vraiment !

Soudain, elle aperçoit une tache minuscule entre les lignes. Qu'est-ce que c'est ? Elle sort sa loupe et l'approche du papier. Un cœur de mer ! Elle se rappelle ce que Marie lui a dit. Il y avait deux cœurs qui avançaient avec le bateau. Celui qu'ils ont trouvé à terre et un autre, plus petit. Ce serait donc celui-ci ?

Élisabeth n'arrive pas à y croire. Mais elle n'arrive pas non plus à ne pas y croire. Depuis que Marie Labadie est dans sa classe, il se passe des choses si étranges… Elle

ferme le cahier et le range. Avant
de sortir, elle jette un coup d'œil au
cactus et dans sa tête, elle lui dit :
  – Ne raconte ça à personne !
  Puis elle ferme la porte. Elle n'a
pas entendu le cactus répondre :
  – Motus et bouche cousue !

# Dans la même collection

Achevé d'imprimer en août 2005
sur les presses de Imprimerie L'Empreinte inc.
à Ville Saint-Laurent (Québec)